Mamot got
O Magnânimo

José Beirão

1º Volume

MAMOT GOT O MAGNÂNIMO

First edition. July 30, 2024.

ISBN: 979-8230049043

Written by Jose Beirao.

Also by Jose Beirao

Mamotal
Mamot Got O Magnânimo
Mamotal o Rei Milagroso
O Cavaleiro do Rei
O Governador
A Ponte da Concórdia

Aqui recordo a Ana e a Joana, que sempre acreditaram nesta história e depois me deram a força necessária para a passar ao papel.
Sem o seu querer e persistência, provavelmente, nunca seria conhecida.
Obrigado

"O ponto de partida para toda a conquista é o desejo"
Napoleon Hill

Ficha Técnica
Editado por José Santos
Arranjo editorial de Ana Conceição
Ideia e desenho de capa de Joana Afonso Edição em formato digital
Todos os direitos reservados
A Ponte da Concórdia
1ª Edição: 2023

Prefácio

O rei Mamot construiu um reino que queria mais justo e avançado. O filho, por ordem sua, fez um "milagre" na agricultura do país vizinho, granjeando o cognome de O Milagroso, como lhe chamaram. Apaixonado pela princesa Delca, assistiu à morte ardilosa da sua irmã Eterea.

Uma vingança perpetrada por um homem que adorava um filho egoísta e revolucionário, que apenas pensava nos seus privilégios.

Uma história de amor, que revela simultaneamente a traição e a vingança, desenvolvendo uma trama que acabará imprevisivelmente, com o mal a sobrepor-se ao bem.

Mamot Got O Magnânimo

Ele era um homem forte, de porte atlético, duro e inflexível, mas amigo da família e respeitava o seu povo, concedendo benesses importantes, pelo menos uma vez por ano.

E era também muito respeitado e estimado pelas gentes, que tudo faziam para seguir as regras impostas no pequeno, mas feliz reino. Uma delas, era conceder ao povo o direito de escolher os quatro homens mais sábios, que o ajudassem a sentir os anseios da população.

Mesmo os seus adversários, reconheciam o mérito deste homem providencial, atento e dominador, que via o Mundo como um espaço de paz e colaboração, trabalhando para um desenvolvimento progressivo e justo.

Era casado com Eter Got, uma princesa de um reino vizinho, que o havia ajudado, ao longo dos anos, a viver em paz e harmonia com os outros países.

Deste casamento muito festejado no reino, nasceram dois filhos: um rapaz primeiro, e uma rapariga depois.

Ao jovem príncipe, foi dado o nome de Mamotal Got e à princesa o nome de Eterea Got.

A rainha Eter era o amparo e porto de abrigo da família real. Reservada, mas de grande simpatia, era respeitada e estimada pelo povo que, quando a via, fazia manifestações de grande contentamento, que ela agradecia com vénias e sorrisos.

Por vezes, acompanhava o marido e, na oportunidade, tinha sempre um conselho avisado para dar, o que era muito do agrado do rei. Mulher culta e educada, transmitia uma sensação de paz e tranquilidade.

O príncipe Mamotal era um jovem bem parecido, robusto como o pai, inteligente, destemido e sempre pronto para mais uma aventura.

Caçar porcos do mato e veados com os amigos, era o seu desporto predileto sempre que podia, uma vez que, seu pai, cedo o incumbiu de tarefas junto da corte, por forma a que entendesse quais as necessidades do reino. O rei, ambicionava caminhar para um tempo de paz e não para um tempo de conquistas e sofrimento.

Mas Mamotal, era também ambicioso, o que não agradava muito a seu pai porque, mais tarde, teria de tomar decisões ponderadas, justas e difíceis.

A princesa Eterea era uma jovem determinada e traquina. Queria ser rainha do seu povo e achava que o reino era uma pequena propriedade, que era preciso engrandecer e modernizar. Para ela, os seus predicados, superavam os do irmão.

Na verdade, tinha poucos amigos, porque o seu difícil feitio afastava-a do contacto com o povo e mesmo dos cortesãos do palácio onde vivia. Sua mãe, pedia-lhe em privado para ser mais amistosa e simpática, mas sem grandes resultados.

Eterea, tinha a sua ideia na cabeça e tudo o que fazia, tinha por objetivo tirar o lugar ao irmão mais velho.

O jovem príncipe Mamotal tinha feito vinte anos de idade e assim, começou a treinar as artes militares, preparando-se para um futuro sempre incerto.

Seu pai, o rei Mamot, assim o desejava, porque sabia as lutas que tinha travado para chegar onde chegou. Eterea, tinha agora dezoito anos. Estudava, conversava com as aias e aprendia a bordar, a pedido da sua mãe.

Na verdade, também havia conhecido numa das festas, um rapaz um pouco mais velho, que a tinha impressionado. Não só pelo seu bom aspeto, mas também e acima de tudo, pelas suas ideias fora do comum, que resvalavam para um pensamento anárquico e revolucionário. Parecia saber tudo e desejar mudar tudo à sua volta. Chegou até a insinuar que a realeza iria amargar com a quase igualdade com que lidava com o gentio. Ficara impressionada e pensativa.

1. A CARTA

Os dias foram correndo e, passados cerca de três meses, bateram à porta do quarto. Eterea abriu:

– Desculpe vossa alteza, mas mandaram entregar-lhe esta carta, disse a aia.

A princesa agradeceu, fechou a porta e, muito intrigada, sentou-se na sua escrivaninha, cuidadosamente retirou o selo e começou a ler. Não queria acreditar no que lia e passou para a varanda que dava para o jardim do lago do castelo, sítio habitual para as suas introspeções.

Voltou a abrir a carta e, mais calma, leu outra vez. Em resumo, o texto era o seguinte:

"Peço desde já desculpa a vossa alteza pelo meu atrevimento, mas nem o passar dos dias acalmou a minha ânsia. Não tenho encontrado sossego e, por isso, lhe escrevo esta pequena carta que, espero, não a ofenda.

Seria para mim muito importante voltar a encontrá-la para poder exprimir-lhe toda a minha simpatia e consideração, já que nunca encontrei ninguém, que despertasse em mim tantas emoções.

Humildemente, aguardo ansioso por uma resposta breve, que possa acalmar a minha mente.

Seu grande apreciador: Magi Knorr"

2. O FUTURO REI

O dia da União do Reino aproximava-se e era um dia importante para a corte, mas também para o povo, pois nesse dia costumavam ser anunciadas medidas de fundo para o reino. Era, entre todas, a maior festa que se fazia. De carácter iminentemente nacionalista e patriótico, festejava-se em todo o reino.

O rei Mamot tinha conversado e meditado com sua esposa sobre a declaração de maior autonomia para o príncipe herdeiro, mas ambos tinham alguns pontos que queriam resolver melhor e decidiram ouvir a opinião do conselheiro-mor da corte Margot Tod, homem experimentado e culto, muito respeitado pela comunidade.

O rei e a rainha, estavam algo tensos. A conversa tinha de ser muito bem interpretada pelo conselheiro, para o bem de todos. E a rainha foi a primeira a falar.

– Senhor Margot, antes demais, agradeço em meu nome e em nome do rei, a maior descrição quanto à conversa que vamos ter. Verá que o assunto merece a maior confidencialidade.

– No dia da União do Reino, queremos anunciar formalmente o nome do herdeiro do trono, murmurou o Rei Mamot. Mas para mim e minha esposa, subsistem algumas dúvidas e por isso procuramos a sua sempre ponderada opinião. Achamos que deve ser o príncipe Mamotal a assumir essa tarefa, mas não excluímos a princesa Eterea porque, bem vistas as coisas, também reúne todos os requisitos para o lugar.

– É como diz o rei de facto, afirmou a rainha Eter. Eterea reúne uma série de predicados relevantes: é uma princesa destemida, culta, inteligente, sagaz, mas... algo nos indica que a sua ambição, pode passar por cima de todas as suas outras virtudes e tememos por isso.

Não é a primeira vez que se irrita com o príncipe, nem é a primeira vez que lhe aponta o dedo, quando não está de acordo, insinuando que se fosse ela a herdeira, muita coisa mudaria. É demasiado incisiva.

E o rei acrescentou: – Nota-se, muitas vezes, que Mamotal se cala para não contrariar a irmã. Isso, só por si, não tem importância. Revela tolerância e bom senso, mas gera-se um ambiente amargo, que nos suscita dúvidas, porque o reino, irá precisar do mais bem preparado e não daquele que lhe impuserem... rematou.

– O que pensa de tudo isto, senhor conselheiro? Dois filhos determinados, mas muito diferentes..., disse a rainha.

– Obrigado, vossa alteza, por me confiarem tão importante assunto, que ouvi com toda a atenção e isenção, mas desde já, permito-me dizer o seguinte: Não colocar o príncipe Mamotal Got como herdeiro do trono seria, em meu entender, uma traição à coroa e uma traição ao reino e ao nosso povo, desde logo porque é o filho mais velho.

A princesa Eterea, tem de facto qualidades, mas não supera a meu ver e com toda a lealdade, as do príncipe Mamotal, que se tem revelado um homem valente, inteligente e ponderado quanto baste. E continuou: Ao longo dos anos fui seguindo com atenção o crescimento dos príncipes, pois sabia que este dia iria chegar.

Sinto como se fossem – se me é permitido dizer – meus netos e dos dois gosto muito, mas há realidades a que não podemos virar as costas e esta, sem dúvida, é uma delas. Poderei enganar-me, mas por tudo o que vi até hoje, Mamotal virá a ser um rei digno desse nome.

Quanto à princesa Eterea, deverá ter o seu lugar de destaque na corte e se essa for a sua vontade, assessorar o irmão nos assuntos do estado, o que será uma mais-valia. É este o meu pensamento, que aqui exprimo com toda a lealdade e zelo.

Terminada a conversa, o rei Mamot dirigiu-se à esposa:

– Sinto-me aliviado e satisfeito. Parece que não somos só nós a medir os dois lados da razão e a chegar à mesma conclusão.

– Sim! É um alívio constatar a isenção e a coragem do conselheiro, disse a rainha. Foi algo duro, mas honesto e dissipou muitas dúvidas.

E a conversa continuou, animada, mas simultaneamente meditativa de ambos os lados.

De repente o rei, como se tivesse acordado, disse pausadamente:

— Os tempos estão a mudar tão depressa... não há mais lutas, nem guerras... parece que o nosso trabalho passa mais por manter boas relações com os outros reinos, fomentar o comércio e a aproximação entre os povos, do que pensar em alargar território e mais conquistas.

— É verdade, disse a rainha. Os anos passam, vamos ficando mais velhos e começa a ser o tempo de dar aos nossos filhos a oportunidade de provar o que são capazes de fazer.

— Sem dúvida, disse o rei. Mas eu tenho uma ideia que nunca exprimi, que é a de mandar o nosso filho fazer uma visita com pompa e circunstância, a um dos reinos vizinhos. Precisamos de nos relacionar mais e melhor e confio que Mamotal será capaz de cumprir essa missão.

— Sim. Será uma ótima experiência e também uma grande responsabilidade. Deveis falar com ele, explicar o plano e as melhores formas de conquistar a estima dos nossos vizinhos.

— Será uma curta vigem de quatro dias a cavalo: quatro para lá e quatro para cá. Levará com ele uma comitiva de vinte dignitários da coroa, mais uma escolta de dez homens armados com estandartes e bandeiras. Será uma visita com pompa.

— Mas senhor, diz a rainha: oito dias por lá, sabe Deus por onde, não será pedir demais? Deve haver perigos e animais selvagens pelo caminho, quem sabe até malfeitores armados...

— Não vos apoquenteis, senhora. A comitiva irá bem guardada e não esqueçais que os cavaleiros que o seguem, são homens habituados à luta e aos terrenos ermos, desde há muito.

A rainha responde algo temerosa:

— Custa-me um pouco, mas compreendo que tem de se começar por algum lado. Só espero que ele receba a missão com agrado e muita motivação.

— Tudo será devidamente preparado. Não tendes de temer, tal como eu, por ele. Amanhã mesmo, enviarei um emissário de confiança ao rei, anunciando a visita do nosso filho. Sabe querida, está a ficar tarde e hoje foi um dia intenso. Vamos deitar e amanhã, será outro dia para novas e boas ideias, se Deus quiser.

3. O CONTRATO

Eterea, entretanto, tinha passado uma semana a pensar na carta de Magi Knorr e havia tomado uma decisão: iria contratar um espião de confiança, para saber ao certo, se possível, quem era o seu impetuoso pretendente. Assim, já que também desejava o encontro, saberia melhor os terrenos que iria pisar.

Falou então com o mais velho conselheiro do povo, homem de confiança, que a informou ter um homem ideal para esse serviço, que conhecia há muitos anos. Teria de lhe dar o nome do homem e explicar o máximo de detalhes sobre a sua fisionomia, por forma a facilitar a procura. Eterea, tudo explicou, pedindo segredo.

4. O ESPIÁO

O conselheiro não perdeu tempo e, de imediato, mandou chamar o homem que tinha como paradeiro habitual a Taberna do Corvo, onde se juntava gente de todas as proveniências.

O homem, com cara de poucos amigos, grande chapéu e umas densas barbas, correu para o palácio, pois sabia que certamente haveria uma recompensa à sua espera.

– Preciso que me descubra um homem jovem, de barbas, pode ser estrangeiro e que veste de escuro, usando por cima uma capa, também escura. Parece ter o hábito de falar sobre política e que tudo precisa de ser mudado.

O homem, de posse das informações, voltou imediatamente para a Taberna do Corvo, já que, por ali, aparecia todo o tipo de gente, mas assim de momento, não estava a ver ninguém que encaixasse naquele tipo de perfil.

Durante um bom tempo, sentou-se numa grande mesa com outros homens e foi escutando, mas acima de tudo, reparando nas pessoas que entravam e saíam. "Ideias políticas, bem vestido, jovem, se calhar bem-falante, pode ser estrangeiro."

Mas no meio do rebuliço dos copos e das gargalhadas, encontrou um amigo que tinha feito no sul do reino, quando foi contratado para lá trabalhar, fazia uns anos. Um abraço, mais uma caneca e conversaram animadamente, até que, pouco tempo depois, saíram para a rua.

5. CONVERSA COM O FILHO

Era um dia de chuva e vento. O rei levantou-se e foi ao quarto da esposa. Pediu para entrar:

– Bom dia, senhora minha. Chegou o dia de conversar com o nosso filho. Já arrumei as minhas ideias e hoje, um dia que convida ao recato, será excelente para conversar.

– Se achais que é a altura certa eu concordarei, mas como já tinha dito, vamos explicar tudo com calma e devidamente.

Saíram do quarto, atravessaram o corredor comprido e bateram à porta do quarto do príncipe.

Mamotal abriu e ficou admirado por ver o pai e a mãe tão cedo e de repente. Endireitou-se, passou a mão pelo cabelo e ouviu a mãe dizer:

– Daqui a uma hora gostaríamos de falar consigo em privado, para lhe propor um assunto que, pensamos, irá ser do seu agrado. Ficamos combinados? Na Sala dos Espelhos, que é mais informal e cómoda.

– Assim farei senhora minha mãe, mas dizei-me que está tudo bem.

– Sim, meu filho, está tudo muito bem, menos o tempo. Lá o esperamos.

Pouco depois, o príncipe entrou e bem-disposto:

– Mais uma vez bom dia! Estou ansioso por saber o que me querem dizer, depois da surpresa matinal e esboçou um sorriso maroto. Por isso, estou às vossas ordens.

– Meu filho, começou a mãe. Será a mais séria conversa, porque acreditamos muito nas suas capacidades.

– Queremos dar-lhe o privilégio, disse o rei, de representar o nosso reino, numa visita de Estado, pela primeira vez. E será uma viagem muito importante para todos.

– Pai... balbuciou o príncipe.

– Eu sei meu filho, está nervoso, é compreensível, mas deixe explicar os detalhes, pensados por mim e sua mãe.

Na verdade, estamos a entrar numa era de mudança e será boa política estreitar laços de boa vizinhança com os reinos vizinhos. Concorda com a ideia?

– Sem dúvida, respondeu o príncipe e continuou: acho até muito importante, não só visitar os outros, mas convidar também os outros a visitar-nos. Será uma boa forma de aprender mais e, também, conhecer as novidades que seguramente nos rodeiam.

– Sabíamos que poderíamos contar consigo meu filho. O seu raciocínio está certo, disse a rainha.

O rei Mamot fez um pequeno silêncio e, depois de pensar:

– Depois das festas da União do Reino, partireis com uma comitiva formada por vinte dignitários, acompanhados por uma escolta de dez homens armados com estandartes e algumas mulas de carga, com ofertas para o rei. A viagem durará oito dias. Quatro para lá, outros quatro para cá.

– Oito dias fora, senhor meu pai? Exclamou o príncipe. Nunca estive fora tanto tempo, mas arranjarei maneira de cumprir com a minha tarefa, dê por onde der. Podem ficar descansados.

– Confio em si, meu filho. A comitiva, irá levar duas arcas de prata para o rei e duzentos quilos de batatas. Cem quilos de batata-doce e cem quilos de batata de semente.

– BATATAS, senhor meu pai? Pelo amor de Deus! Quatro dias a transportar BATATAS?

O rei riu-se com vontade e, depois, tolerânte:

– Preste atenção por favor. O que vou dizer é muito importante. Lá do outro lado do mar há muitos anos, descobriram que a batata era boa para comer e alimentava. Mais tarde, comerciantes trouxeram-nas para o nosso continente e começaram a espalhar-se um pouco por todo o lado, até chegarem aqui.

Eu sei que nas terras deste nosso amigo, não existe batata. É por essa razão que enviaremos batatas e não outra coisa. Já imaginou o que pode acontecer, meu filho? Milhares de pessoas passarem a ter uma mais farta e melhor comida?

O príncipe, ficou surpreendido:

– Nunca tinha pensado em tal coisa senhor meu pai e concordo por inteiro. Imagino a fartura e alegria que o povo poderá sentir amanhã.

– É isso mesmo meu filho e não se esqueça. As batatas, devem ser semeadas no fim do inverno e até ao princípio da primavera, para colher setenta dias depois.

— Parece que o vosso pai vai virar agricultor, um rei agricultor e riu-se. Todos se riram.

— Mas há uma coisa que não consigo entender, meu pai. Porque vamos oferecer tanta coisa, sem receber nada em troca?

— Não será bem assim meu filho, disse a rainha. No reino que vai visitar, inventaram um novo tipo de charrua, que consegue lavrar a terra quatro vezes mais rápido que as usadas pelos nossos agricultores.

Depois de entregar as ofertas ao rei, irá falar-lhe no assunto e pedir-lhe que providencie para nos arranjarem alguns desses artefactos. Com toda a certeza o rei irá fazer-nos a vontade e, ao mesmo tempo, será uma forma de retribuir a nossa simpatia, entende?

— Há! Claro que entendo. Agora começo a perceber toda a estratégia e gosto do que estou a ver e a ouvir. Mais bem pensado, não podia ser. Brilhante ideia.

— Isso mesmo meu filho e já me esquecia de lhe dizer: vai levar uma guarda de dez soldados armados, como já falamos. Quando regressar, cinco deles ficarão para trás para trazer algumas das charruas oferecidas pelo rei.

Por fim quero dizer-lhe também que voltará ao reino, três meses depois. Precisamos de saber como correram as sementeiras, pois agora, ficaremos ansiosos até chegar lá. Esperamos muito bons resultados.

— Com todo o respeito, não imaginava ter uns pais tão inteligentes e sociáveis. Fico muito feliz e muito contente também. Minha mãe, meu pai, podem contar comigo. Fico agora desejando que o tempo passe depressa, porque não irei pensar noutra coisa até lá.

Comovidos, mas felizes, pais e filho abraçaram-se efusivamente.

6. A FESTA DO REINO

O dia amanheceu claro e ensolarado. Parecia feito de propósito para a comemoração que aí vinha. Homens, com gaitas e tambores tocavam pelas ruas, anunciando o dia da União do Reino.

Crianças corriam e as mulheres, arranjadas a preceito, participavam alegremente, cantando e dançando. Começava a festa anual da União do Reino, com romarias em todo o lado. Era também considerado um dia casamenteiro, porque rapazes e raparigas se juntavam, dançando e rindo, entre gracejos e olhares travessos. As crianças, felizes e descontraídas, cantavam e saltavam fogueiras, perfumadas com rosmaninho.

De repente, no jardim do castelo, fez-se silêncio. Chegara o rei e a rainha. Muitas palmas e vivas ao rei, eram ouvidas a léguas. Do alto do palanque, o rei falou:

– Bom povo da nossa terra, sejam bem-vindos! Hoje é o dia da nossa festa, a grande festa da União do Reino e tenho duas coisas importantes para vos anunciar:

A primeira, é que eu e a rainha decidimos já, quem vai ser o herdeiro da coroa do reino. Foi um processo longo de observação e meditação, de muitas conversas com os conselheiros e, finalmente, posso anunciar o seu nome a todos.

O próximo rei será o príncipe Mamotal Got! Que Deus o proteja e acompanhe. Palmas e vivas ecoaram por todo o recinto.

A segunda e também importante coisa que tenho a dizer é que, em breve, iremos ter novas charruas, vindas de fora, para lavrar as nossas terras. O vosso esforço diminuirá e a máquina poderá abrir mais sulcos em menos tempo. Novamente muitas palmas, urras e vivas.

– Os cavalos, farão o esforço e o vosso, diminuirá, concluiu. Desejo um grande dia a todos e agora, comam e divirtam-se. O dia é de festa e alegria para o nosso reino.

7. PREPARATIVOS

Os preparativos para a grande viagem do príncipe Mamotal Got, seguiam agora a todo o vapor, já que seu pai o encarregara de todos os preparativos, de acordo com a sua própria ideia e, claro, com a preciosa colaboração de alguns conselheiros que com ele partiriam brevemente.

E havia homens para preparar, carros de transporte para olear e reparar, toda uma parafernália de pormenores que tinham de acertar.

8. O RECADO

A princesa Eterea, tinha acordado tarde. Durante a noite, pensamentos ruins tinham-lhe afastado o sono. A declaração do pai no dia da União do Reino, declarando o seu irmão como futuro rei, ultrapassava a sua tolerância.

— Como foi possível? Perguntou-se. Eu sinto que tenho capacidades que os meus pais não quiseram ver. Eu sei que seria uma boa rainha, talvez mais decidida que o meu irmão.

Três pancadas na porta do quarto, tiraram-na dos seus pensamentos. Abriu a porta de repente e exclamou:

– O que queres? A aia tremeu de medo. Estranhou a forma agressiva da princesa e balbuciou:

– O senhor conselheiro pediu para vossa alteza estar na sala dos espelhos às dez horas. Diz que tem novidades para lhe dar.

– Vai e diz-lhe que lá estarei.

9. O BEM FALANTE

– Bom dia, vossa alteza. Desejo que tenha dormido bem, porque tenho novidades para lhe dar, informa o conselheiro.

– Pois se tem, vamos diretos ao assunto porque já tardavam as notícias.

– Como vossa alteza deve compreender, estas coisas levam tempo e tínhamos muito pouca informação...

– Sim, é verdade, mas adiantemos. Tem algo de tangível para dizer. Conte-me tudo por favor.

– O nosso homem, conseguiu encontrar um amigo que conheceu há vários anos lá para o sul do reino. Trabalharam juntos. Depois de vasculharem tudo por aqui, não encontraram ninguém com as características que tínhamos dado e partiram para o sul.

Depois de muitas voltas e perguntas, parece terem encontrado o seu ilustre desconhecido, que tem o hábito de falar em mudanças que é preciso fazer.

Com todo o respeito, parece um revolucionário bem-falante. Apuraram também que ele virá para o norte, mais propriamente para aqui, onde ficará em casa de uns primos afastados, no extremo da cidade. Ele parece ser filho de um lavrador abastado, mas vive fora da família. Em resumo, é o que tenho para lhe dizer, alteza.

– E já disse muito, respondeu a princesa. Sendo assim vou preparar uma mensagem para lhe mandar entregar o mais rápido possível. Agradeço-lhe os seus préstimos, senhor conselheiro. Obrigado.

Correu para o quarto, bateu com a porta e sentou-se na escrivaninha. Agarrou numa folha de papel e escreveu:

"Caro senhor Magi Knorr. Tenho pensado em si e também gostaria de o conhecer melhor. Até pode acontecer termos coisas em comum. Encontrar-nos-emos na Taberna do Corvo, porque há muita gente e poderemos estar mais à vontade. Levarei um lenço amarelo na mão e um vestido preto com decote. Até lá. Por favor, queime a mensagem depois de ler.

Eterea Got"

Selou a carta bem selada e mandou entregar ao conselheiro, que de imediato mandou chamar o seu homem de mão.

– Entrega-a rápido e sem ninguém ver e depois vem-me dizer. Receberás então a tua recompensa. O homem partiu sem olhar para trás e seguiu em direção ao extremo da cidade.

10. A PARTIDA

Logo de madrugada, ouviam-se pessoas a falar, ordens para os homens e uma grande agitação. Correeiros, artesãos, artífices, moços de estrebaria, corriam de um lado para o outro. Os cavalos, relinchavam excitados. Sacos com víveres e utensílios diversos, amontoavam-se a um canto.

O príncipe Mamotal chegou e perguntou:

– Está tudo pronto, senhor conselheiro?

– Tudo pronto alteza, respondeu o homem. Aguardamos apenas as vossas ordens para partir.

Da varanda do castelo, o rei e a rainha, seguiam atentamente o acontecimento e ficaram encantados com a organização e disciplina. À frente, garboso, seguia o príncipe, logo seguido pelos cavaleiros que consigo iriam partir. Seguia-se um cortejo de cavaleiros e carros carregados com comida, artigos diversos e as tão preciosas batatas, bem como as duas arcas de prata, devidamente escondidas no meio da carga.

O rei, orgulhoso, disse então:

– Não faríamos melhor. O nosso filho é valoroso e metódico.

E o povo foi-se juntando. Ninguém queria perder um acontecimento tão impressionante e espetacular e, à medida que o cortejo avançava, dava para ver a grandiosidade da comitiva. O povo rejubilava em silêncio. Formidável, pensavam.

E lá seguiram pelas ruas estreitas da cidade, sendo muito festejados ao passar. Tinham uma longa caminhada pela frente e com tudo a correr bem, porque iam com carros pesados e mais lentos. A boa disposição, porém, imperava em toda a comitiva, com os cavaleiros à frente e a guarda atrás da caravana.

11. O ENCONTRO

A princesa Eterea, quase não dormia, mas a carta fora entregue ao seu pretendente Magi Knorr e preparava-se para o encontro na Taberna do Corvo.

Vestiu uma capa escura com capuz e passou um lenço também escuro pelo pescoço. A discrição era tudo para ela.

Pediu ao cocheiro para a deixar a meio da rua e seguiu a pé até à taberna, pedindo-lhe que a recolhesse uma hora depois. Entrou, passou pelo meio da algazarra e colocou-se em cima de umas escadas que davam para o primeiro andar, para ver melhor e, se possível, não ser vista. Tirou o lenço amarelo do bolso e ficou com ele na mão, olhando para um e outro lado.

Alguém se aproximou:

– Sou Magi Knorr, vossa alteza. Presumo que ainda se lembre de mim e sorriu levemente.

– Sim, claro que me lembro, disse a princesa e continuou. Vamos sentar-nos a uma mesa e pedir um xarope de mel com limão. Estou cheia de sede. Assim estamos mais confortáveis e menos expostos, não acha? Quer-me falar um pouco de si? Nunca o tinha visto por aqui a não ser no dia da festa...

– É natural que nunca me tenha visto. Muito poucas vezes aqui vim, mas a festa, de que ouvi falar na altura, despertou-me a curiosidade e devo dizer que foi muito divertida. O povo, estava feliz.

Eu sou do Sul do reino. A minha mãe já faleceu e o meu pai, é um abastado proprietário de terras, mas temos feitios muito diferentes e não nos damos muito bem. Calou-se por momentos como que para refletir e continuou.

Ele acha que deve tratar bem os camponeses e que eles devem ir para a escola e aprender a ler e escrever.

Pessoalmente não sou contra, mas se todos aprenderem a ler e a escrever, não vão seguramente querer trabalhar no campo e, sendo assim, quem vai depois tratar das terras?

Eterea, nunca tinha tido semelhante conversa com ninguém e estava surpreendida.

— É muito interessante essa sua visão e, confesso, também nunca tinha pensado nisso. Então acha que as pessoas não devem aprender a ler e escrever?

— Eu acho que devem, mas isso leva-nos a um outro assunto. Se os campónios estudarem, vão pensar que são tanto como nós. Vão começar a reivindicar e a exigir. Se os mantivermos na atual situação, sabem que nasceram apenas para trabalhar e serão felizes na mesma. Sendo assim, porque alterar aquilo que está bem?

— Compreendo, diz a princesa. Então por esse motivo, apregoa as suas ideias um tanto livremente, mas tenha cuidado. Os tempos estão a mudar e muitos pensam que é nos estudos que está o futuro, sabe?

— Tenho o cuidado necessário, mas é o meu ponto de vista e falo sobre isso porque, amanhã, iremos ser mandados em vez de mandar e o mundo precisa das duas coisas... eu, prefiro mandar, a ser mandado. Mas, se me permite, mudemos de assunto. Vossa Alteza, perdoe-me, mas é comprometida com algum cavalheiro? Tem o seu coração ocupado, ou acha que poderíamos ver-nos com alguma regularidade?

— O facto de estar aqui, nada tem a ver com o que está a pensar. Poderei dizer que é um homem com boa figura, simpático até, mas o meu coração, como referiu, é e será livre por muito tempo. Tenho outras prioridades mais importantes.

Eu tenho um irmão, como deve saber e por isso, sou a segunda na linha de sucessão. Esse facto traz responsabilidade porque ninguém pode afirmar que, amanhã, não serei eu a ocupar o trono de meu pai. Tenho-me preparado para isso.

— Permita-me, minha bela princesa, diz suavemente Knorr. Assim, vista à luz das velas, tão perto de mim, é ainda mais bela que no primeiro dia que a vi. A sua elegância, supera tudo.

— Mais uma vez, obrigado pelo seu cumprimento, senhor Knorr. Gostei de conversar consigo e pode acreditar que me ensinou muita coisa. O meu cocheiro já deve ter chegado. Uma última coisa, senhor. Tenha cuidado consigo e será talvez melhor para si, moderar essa forma singular de ver a vida. Pode ser mal interpretado.

— Mas princesa...balbuciou Knorr.

— O nosso tempo terminou. Tenho de ir.Fique bem e cuide-se. Adeus!

Magi Knorr ficou siderado. Tantos sonhos, tanta ansiedade desfeita num segundo, pensou. Parece que pretendeu deixar-me um aviso, mas não vou pensar mais nisso. Amanhã mesmo, vou regressar a casa e a vida continuará.

Eterea chegou ao palácio e foi ter com a mãe. Sentada num cadeirão na sala dos espelhos, disse calmamente:

— É quase noite, minha filha. Como correu o seu dia hoje?

— Muito bem minha mãe. Afinal, parece que passamos a vida aprender. Posso fazer-lhe uma pergunta? O que acha de o povo aprender a ler e escrever?

— Que pergunta tão tola minha filha, diz a rainha. Caminhamos para um tempo em que isso terá de acontecer. O conhecimento é que faz andar o Mundo. Se olhar à sua volta, verificará que as grandes ideias e realizações, vêm dos nossos homens mais estudados.

— É verdade minha mãe. Mas diga-me uma coisa: se os aldeões começarem a ir à escola, deixarão de querer trabalhar a terra?

— O Mundo está a mudar como lhe disse. É muito natural que as pessoas desejem uma vida melhor, mas isso ainda levará muito tempo a acontecer, penso eu. Há muito poucos locais onde se possa aprender e, por isso mesmo, só os mais nobres o fazem e muitos deles, com professores vindos de fora e bem pagos. Ora, bem vistas as coisas, o conhecimento deve ser uma mais-valia para todos e não apenas para os mais privilegiados. Vamos deitar minha filha. Desejo-lhe uma boa noite, com muita paz.

— Obrigado e boa noite minha mãe.

12. O ARREPENDIMENTO

Pela manhã Eterea acordou, mas deixou-se ficar deitada, em cima da cama. Fechou os olhos, espreguiçou-se e disse para consigo:

– Não sei explicar muito bem, mas sinto-me mais leve hoje. Que maravilha! Acho que aquele encontro de ontem me fez muito bem. Que pessoa tão complicada!

Vi com os meus próprios olhos, como um homem bem-nascido, bonito, educado e culto, pode pensar apenas em si e nos seus privilégios, negando aos outros o mesmo direito. Até o próprio pai o incomoda porque, felizmente, tem ideias contrárias e, do meu ponto de vista, bem mais justas. Vejo agora com clareza, que pensava e fazia coisas que não eram o caminho certo e hoje, digo a mim mesma que começou uma nova era. Irei dar-me o melhor possível com o meu irmão e seguir as pisadas da minha mãe, uma pessoa sensata, justa e leal. E devo dizer o mesmo de meu pai. Duro, mas dedicado à família e ao reino, tentando sempre melhorar a vida da comunidade. E são estes e não outros, os exemplos que irei seguir de hoje em diante. Prometo a mim mesma!

Satisfeita, vestiu-se e seguiu para a sala a fim de tomar o pequeno-almoço.

O conselheiro que lhe trouxera as notícias, estava sentado a um canto, bebendo café negro. A princesa sorriu-lhe e sentou-se ao seu lado.

– Bom dia, senhor conselheiro. Posso fazer-lhe companhia?

– Sim, claro, respondeu o conselheiro. Será uma honra, ainda por cima uma princesa tão bonita, se me permite dizer.

– Sabe, queria agradecer-lhe por me ter proporcionado o encontro com esse tal senhor, Magi Knorr. Inesperadamente, devo dizer, mas valeu bem a pena. Foi uma forma diferente de poder olhar para mim própria, depois de ouvir o que ele tinha para me dizer. Muitas vezes, temos a felicidade de conseguir olhar para o lugar certo e eu fui bafejada.

– Que lindas palavras vossa alteza acabou de dizer, disse o conselheiro. Estou enganado, ou vossa alteza encontrou o homem que desejava? Deu um sorriso maroto e prosseguiu: Ele é um belo homem e segundo dizem, um cavalheiro, mas...

Eterea riu-se: — Não se trata disso senhor conselheiro. Bem pelo contrário. Tinha-me dito que ele era um bocado revolucionário. Lembra-se?

— Se lembro menina. Parecia ser a sua faceta mais saliente, para além do bom aspeto...

— Pois foi essa exatamente a faceta que mais me agradou. Com ele, percebi que há dois caminhos a seguir: o do bem e o do mal. Prefiro o primeiro. Pode ser que eu me engane, mas este homem não irá durar muito. É demasiado egoísta. Só pensa nos seus privilégios e isso não é bom para ele.

— Que alegria me dá menina princesa! Eu temia por si em silêncio, porque também achei que toda esta atividade de ser contra, poderá arrastá-lo para a desgraça. Assim sendo, se for, irá sozinho. Que Deus a abençoe.

— Eu é que agradeço, conselheiro. Muito e muito obrigado. Foi uma boa experiência.

13. A CHEGADA

A comitiva do príncipe Mamotal Got chegou ao seu destino, com dois dias de atraso sem percalços de maior.

O povo estava nas ruas, dando vivas, trombetas e tambores, anunciavam a chegada da comitiva, que impressionava pela quantidade de homens, estandartes, animais e carretas. As batatas, tapadas com velhas mantas, chamavam a atenção, porque ninguém parecia saber o que era.

Ao chegarem ao castelo, tudo estava engalanado e homens e mulheres da corte, amontoavam-se à volta do grande jardim.

Seja muito bem-vindo ao nosso reino, príncipe Mamotal Got. É uma honra recebê-lo, bem como a toda a sua comitiva. A partir de agora, estão na vossa casa.

– Obrigado, vossa majestade. Trago-lhe os melhores cumprimentos de meu pai o rei Mamot e de toda a minha comitiva. É uma honra estar aqui.

– Vinde conhecer a minha família e depois sereis apresentados à corte no salão nobre, mas antes, deveis descansar um pouco. Aqui vos apresento a minha esposa e os meus quatro filhos. Como podeis ver, três homens e uma mulher.

Mamotal, cumprimentou todos um por um e quando chegou junto da princesa, não pôde deixar de reparar na sua beleza e finas maneiras.

O rei, apercebeu-se do cansaço da comitiva.

– Perdoai-me vossa alteza, mas recomendo que agora descanse um pouco, que bem precisa. Logo, teremos uma receção formal no Salão Nobre, onde iremos falar de muitas coisas de interesse mútuo, para além de estar ansioso, devo confessar, por ver as ofertas que tão empenhadamente nos trouxe.

Mamotal seguiu o conselho do rei e foi descansar. De resto, bem precisava.

14. BATATAS

Depois, o príncipe mudou de roupa e dirigiu-se ao Salão Nobre, com os seus dignitários. Pelos corredores iluminados por velas enormes, ouvia-se o burburinho vindo do salão. O mestre de cerimónias, postado junto à porta, anunciou:

— Sua alteza o príncipe Mamotal Got e comitiva.

Silêncio e expectativa. Ouvia-se até o crepitar das grandes velas que iluminavam o salão.

Mamotal avançou e, com pompa e circunstância, fez uma vénia ao rei, imediatamente correspondida.

– Os meus cumprimentos e de meu pai o rei Mamot Got, majestade. Cumprimento também toda a distinta nobreza presente neste magnífico salão nobre, que tão bem me soube acolher.

– Muito obrigado, príncipe Mamotal. Em meu nome e em nome de todo o nosso povo, que já o apelida de o Milagroso e abriu um grande sorriso.

De repente, Mamotal disse:

– Mandem entrar as arcas!

Com vossa licença majestade, passo a explicar o significado das minhas ofertas, sugeridas pelo meu próprio pai, a quem chamam de Magnânimo. As arcas de prata trabalhada à vossa frente e o respetivo recheio, são apenas uma amostra da carga, que já mandei guardar nos vossos celeiros. O que está dentro das arcas, são batatas. Batata de semente e batata-doce.

– BATATAS! diz o rei surpreendido e visivelmente desiludido, sem entender.

– BATATAS?!!!, exclamam os cortesãos em uníssono.

– O que é isso? Para que servem? Perguntaram.

– Sim, meus senhores. BATATAS!!! Fartura para todo o povo.

Elas foram descobertas há muito, lá longe, do outro lado do mar e navegadores astutos, foram-nas trazendo para o nosso continente. Nós também já semeamos batatas há algum tempo, com ótimos resultados. São um ótimo alimento.

As batatas, devem ser semeadas no fim do inverno, e devem ser colhidas sessenta a setenta dias depois.

Cada batata, irá dar várias batatas. Talvez uma dúzia. As muito pequenas podem ser dadas cruas ao gado e as grandes, podem ser cozidas, assadas ou fritas e são um belíssimo alimento. A fartura irá chegar a todas as casas do vosso reino, majestade.

— Mas sendo verdade o que dizeis, as batatas serão um produto milagroso, uma vez que se multiplica por oito ou dez vezes o que produzem, exclamou o rei admirado.

— De facto, assim é, majestade. As batatas, significam fartura para quem as semeia e cuida e podem encher uma casa. Se tudo correr bem, será uma enorme fartura para todos.

— Estou verdadeiramente encantado, meu príncipe amigo.

Mamotal, saiu do salão satisfeito. Aparentemente, tinha conseguido passar a sua mensagem. Ao percorrer o comprido corredor, encontrou a princesa Delca Hertz.

— Que bom voltar a vê-la, princesa.

— Posso dizer o mesmo, alteza. Vejo que tem estado muito ocupado sobre a questão das batatas e no palácio, já não se fala de outra coisa. As batatas, são o assunto do dia. Muito obrigado pelo que tem feito. Teremos de arranjar forma de retribuir tanta generosidade.

— Hoje sinto-me um príncipe agricultor, mas estou feliz por isso. Quanto a retribuir, encontraremos por certo uma forma que falarei com o senhor seu pai e já tenho a ideia formada.

Levemente, pousou a mão no braço da princesa e sentiu um estremecimento no corpo dela. Olhou-a bem de frente e viu a sua cara ruborizada. Pegou-lhe na mão e apertou-a:

— Desculpe ter-lhe tocado. Foi um momento de tentação.

Ela sorriu, comprometida, e de repente, deu-lhe um beijo na cara, desatando a correr para uma sala ao lado.

Mamotal, foi atrás e disse-lhe meigamente: – Preciso muito de a voltar a ver.

– Se precisar tanto como eu, disse a princesa, é porque despertamos sentimentos profundos um ao outro. Sim. Voltaremos a ver-nos. Acho que os dois precisamos. Despediu-se, dando a mão a beijar ao príncipe e saiu.

Mamotal, sentiu o corpo a tremer. Um momento maravilhoso na sua vida. Estava apaixonado.

15. AS CHARRUAS

Depois de tomar o pequeno-almoço, o príncipe mais a sua comitiva, voltaram ao Salão Nobre, como tinha ficado combinado.

Era o dia das despedidas, mas ainda não tinham falado na retribuição que o rei queria fazer pelos seus elevados préstimos.

– Queremos hoje decidir como retribuir a sua generosa oferta e preciso que me diga em que poderemos ser mais úteis.

– Eu nada irei pedir majestade, mas temos conhecimento de que, aqui no reino, fazem umas novas charruas que muito ajudam na faina da terra e nós, vivemos muito da agricultura.

– Vejo que está bem informado, meu amigo príncipe. É de facto verdade. O nosso artífice-mor, conseguiu engendrar uma charrua prática, robusta e muito eficaz, que tem dado enormes resultados e eu quero que a veja agora mesmo.

– Tragam as charruas.

As portas abriram-se e quatro homens empurravam cada uma das charruas. O príncipe nem queria acreditar no que via. Aquilo não eram charruas, mas duas obras de arte. Perfeitas.

E o rei continuou:

– A charrua na sua frente, é a que neste momento utilizamos. É uma peça muito robusta, capaz de abrir dois sulcos ao mesmo tempo.

A charrua à sua esquerda, está ainda em produção, mas será capaz de abrir quatro sulcos de cada vez. A primeira poderemos arranjar já, se vossa alteza quiser levar três ou quatro com a sua comitiva.

– Obrigado, majestade. Com a vossa permissão, levarei as quatro. Tenho boa consciência do valor que os nossos lavradores lhe irão dar. E já agora, majestade, quero lembrar-lhe.

Na época da colheita da batata, aqui estarei de novo. Anseio ver como os lavradores irão reagir e quero sentir de perto a enorme alegria que irão sentir. Agora que nos conhecemos melhor, deixe-me dar-lhe um respeitoso abraço.

– Meu bom príncipe, sinto-o como se fosse meu filho.

— Quem sabe... disse Mamotal, interrompendo. Também o sinto. Algo me prendeu a esta terra.

16. JURAS DE AMOR

O príncipe, despediu-se de todos os presentes, alcançou o corredor e correu para a sala dos espelhos. Algo lhe dizia que a princesa estaria ali à sua espera e não se enganou. Sentada numa cadeira, olhava absorta para o jardim e tamborilava os dedos em cima do joelho. Parecia nervosa.

Aproximou-se devagarinho:

– Minha linda e bela princesa. Algo me dizia que estaria aqui e agora, quase fico sem palavras...

– Também pensei que me viria procurar antes de partir, mas demorou mais do que pensei. Também era tanta gente...

– Sim. Muita gente e não via a hora de poder estar convosco, mas finalmente, estamos juntos.

– Por uns minutos..., disse a princesa. Tendes de partir e eu já estou com saudades vossas.

– E eu já não queria partir, minha princesa. Queria ficar aqui, convosco. Mas o dever chama e tenho de cumprir. Levar-vos-ei dentro do meu coração e todos os dias pensarei em si.

– Meu príncipe, disse a princesa, mas não pôde continuar. Mamotal, tomou-a nos braços e beijou-a sofregamente, dizendo-lhe que a amava, apesar de mal a conhecer.

– Também vos amo. Acho que sempre esperei por este dia e queria estar aqui, consigo, no conforto dos seus braços.

– Adeus, meu amor, brevemente voltarei. Não vos esqueçais de mim.

– Amo-vos. Não demoreis, gritou a princesa.

17. UMA VISITA DE SUCESSO

No terreiro do castelo, soldados afadigavam-se com os últimos preparativos, quando o príncipe falou:

– Vamos partir, mas vamos deixar cinco guardas armados para trás, para conduzirem as charruas. A viagem será mais lenta por isso. A restante comitiva, mais rápida, irá na frente. Não se esqueçam dos mantimentos. Vamos partir, conselheiro.

Pela rua que saía do castelo, o povo acumulava-se e gritava vivas à comitiva e ao príncipe milagroso. Boa viagem. Obrigado.

Quatro dias se passaram. A viagem decorreu sem incidentes e a pressa de chegar era enorme, porque as novidades eram muitas.

No dia seguinte, Mamotal foi recebido pelos pais, desta vez no Salão Nobre.

— Meu querido e saudoso filho! Pareceu uma eternidade, mas chegastes são e salvo, graças a Deus. Agora, sentai-vos e contai-nos tudo, porque a curiosidade é muita, meu filho, disse o Rei.

— Terei todo o prazer em contar, sim.

Poderei dizer que a viagem foi um grande sucesso. Tudo correu como o planeado e encontrei um povo e uma família real, extraordinários.

Sobre as batatas, ao princípio houve uma grande confusão, mas expliquei tudo direitinho e no fim, todos perceberam. Estou confiante que a colheita irá espantar os nossos amigos. Prometi voltar na altura da colheita.

— E quanto às charruas? disse a mãe.

— Eles fabricam-nas num armazém grande por trás do castelo. Quando as vi, confesso, fiquei impressionado. Robustas e muito bem feitas.

Mostraram-me uma nova, capaz de fazer quatro sulcos de uma vez e pensam que em pouco tempo arranjarão algumas. Tenho a certeza de que os nossos lavradores ficarão muito felizes. Vai ser uma revolução na lavoura e todos na comitiva disseram o mesmo.

— Fantástico meu filho. Maravilhoso, disse a mãe. Mas dizei-me agora uma coisa. E raparigas bonitas, havia por lá?

— Só podia ser a sua mãe a perguntar isso, disse o rei. E riu-se à gargalhada, junto com o filho.

– Mãe, disse o príncipe: não tive grande tempo para isso, como imaginais. Mas posso dizer-vos que estive com uma princesa bonita. A filha do rei.

– A filha do rei? Surpresa... ainda por cima bonita?

– Sim, minha mãe. Muito bonita e parece ser uma ótima pessoa, pelo pouco que vi.

– E então? diz a mãe curiosa.

– E então, mais não digo minha mãe.

– Esse silêncio, tem um significado, meu filho!

– Sim mãe. Tem e importante, mas depois falaremos nisso.

18. O ATAQUE

A pequena comitiva que ficara para trás percorria o caminho lentamente. As charruas eram pesadas e era preciso dar descanso aos cavalos. Mesmo assim, mas com dois dias de atraso, já tinham entrado pelo sul do reino, onde havia melhores caminhos.

Os camponeses que viam aquele aparato, espantados e curiosos, perguntavam para que serviam aquelas "coisas" e os soldados diziam apenas:

– São charruas. Charruas modernas e muito boas. Depois, quando chegar a altura, ficarão a saber melhor.

Mais um dia de caminho e ao cair da noite, avistaram seis cavaleiros ao longe. Não se aproximaram, mas via-se que seguiam na mesma direção.

Mais umas léguas e perceberam que os homens estavam mais perto. Um dos soldados disse:

– Parece que temos companhia.

– Sim. Também me parece, respondeu outro.

O caminho de terra batida ficou mais estreito e mal dava para passarem as charruas.

– Agora vamos ter dificuldades e vai ficar de noite, disse um soldado. É capaz de ser melhor parar por aqui, dar descanso aos cavalos e amanhã prosseguimos.

– Eu também penso que será melhor, diz outro.

Desatrelaram os cavalos acenderam o lume e preparavam-se para comer alguma coisa. Já era noite e apenas a claridade da fogueira dava alguma luz.

De repente os cavalos relincharam nervosamente, batendo os cascos no chão.

– Deve andar por aqui gente, diz um soldado. Vamos ficar muito atentos e deixar as armas bem perto.

– Isto não me está a agradar, diz outro. Se fosse algum caminhante, daria sinal.

– Lembram-se dos cavaleiros que vimos lá atrás? Diz outro.

– Eu penso que contei seis.

– Sim, eram seis, diz outro.

Sentiram ramos pisados e que alguém se aproximava com muito cuidado.

– Peguem nas armas e não se afastem muito. Ponham mais lenha na fogueira para se ver melhor.

Clareou e viram que estavam seis homens à sua volta, que se aproximaram de espadas em punho.

– Em guarda, gritou um dos soldados.

Os homens usavam barba, chapéu e todos tinham a cara tapada com um pano.

– Boa noite, senhores. Não queremos fazer-vos mal. Ponham-se a andar agora mesmo e deixem ficar as charruas. Se o fizerem, podem seguir em paz.

Por instantes, os soldados ficaram parados e indecisos. Eles também estavam armados. Viam-se os gumes das espadas a brilhar na noite.

Passados uns instantes, um dos soldados reagiu:

– As charruas pertencem ao rei e só ele as poderá levar. Para lhes pegarem, mostrem que são homens.

Ato continuo, o que parecia ser o chefe deu a ordem:

– Ataquem! As espadas batiam estrondosamente umas nas outras, mas o chefe parecia ser o mais afoito no uso da arma.

– Malditos ladrões, gritavam os soldados. Ides ficar aqui todos mortos. Bandidos!

E a peleja continuava até que o chefe, tropeçou numas pedras e caiu para cima da fogueira, pegando fogo à capa que trazia. O homem gritou, uivou e gemeu, mas continuava a arder e a esbracejar.

Por momentos todos pararam até que, um dos soldados, deu um salto e cravou a espada no peito do chefe, que deu um enorme grito, esperneou e quedou-se aparentemente moribundo.

Quando se virou para enfrentar os outros, viu que já fugiam no escuro, com os restantes soldados atrás deles.

— Parem, disse. Este deve ser o chefe, senão não teriam fugido. Malditos sejam! Vamos agora comer alguma coisa e ficam dois de guarda durante três horas. Depois trocamos. Olhos bem abertos e lume bem alimentado para se ver. Ao mínimo sinal, acordem os outros.

Tirem o corpo da fogueira e ponham-lhe umas pedras por cima por causa dos lobos. Ao amanhecer, retiraram as pedras de cima da cabeça do homem, para ver se o conheciam, mas ninguém o identificou.

— Voltem a pôr as pedras, disse um deles. Que bela surpresa tivemos ontem...vamos atrelar as charruas e partir. Deus queira que não haja mais problemas. Já estamos atrasados.

19. FELIZ COM AS NOTÍCIAS

A princesa Eterea ainda não tinha tido oportunidade de estar a sós com o irmão desde a sua chegada. Depois da experiência vivida com o seu pretendente, sentia que devia aproximar-se mais.

Deu uma volta pelos aposentos reais e foi encontrá-lo na varanda do seu quarto, absorto.

— Que susto me pregou minha irmã, disse. Não contava que viesse ao meu quarto assim de surpresa...

— Tem razão, respondeu a princesa, desculpe-me. Acontece que ainda não conseguimos estar a sós e eu gostava de saber como correu a sua viagem, embora já saiba que correu bem.

— É verdade. Superou as expectativas e toda a comitiva foi irrepreensível. A família real recebeu-me muito bem, assim como os elementos da corte. Eles, os reis, têm quatro filhos. Três rapazes e uma rapariga. Todos eles excelentes pessoas, pelo que vi.

— Mas isso foi uma surpresa, suponho, disse a princesa.

— Sim. Uma boa e grande surpresa.

— E diga-me. O que achou deles? Simpáticos, bem parecidos, casados... todos solteiros...

— Minha irmã, todos muito bem parecidos, se quer saber.

— E a princesa? Insistiu a irmã. Sempre é uma mulher e falou com ela por certo...

— Claro que falei. Várias vezes. Acho que está a querer puxar por mim, Eterea. Com as mulheres, tem mesmo de ser assim, mas a verdade é que me fará bem abrir-me consigo. Falei várias vezes com a princesa, sim. E para além de bonita, penso que será uma boa pessoa, mas aconteceu uma coisa com que não contava.

— Apaixonou-se, diz a irmã de repente, com um sorriso maroto. Ele olhou-a de soslaio, pigarreou e disse baixinho:

— Sim, apaixonei-me, Eterea. Na verdade, não resisti. Quando você entrou, estava a pensar como irei aguentar sem a ver, até à colheita das batatas, que só será daqui a dois, três meses.

— Meu querido irmão! Como fico tão feliz por me contar. Isso é uma maravilha. Sabe que mais? Estou aqui a pensar em ir consigo para conhecê-la e aos irmãos, claro. Que me diz?

— Ficou louca, Eterea! São quatro dias de viagem, só para lá. Imagine como se iria sentir em terrenos completamente ermos, à chuva e ao sol e sabe-se lá que mais.

— Não diga isso. Lembre-se que nas corridas que fazíamos, eu ganhava muitas vezes e sou uma boa cavaleira. Quanto ao resto, tenho a sua companhia e penso que não iremos sozinhos.

— É muito persistente, Eterea. É muito arriscado para si e temo que nossos pais se oponham e com razão.

— Diga-me, Mamotal. Tem vontade que eu vá consigo? Eu tenho. Muita. Anseio conhecer a sua amada. Quanto aos nossos pais, não se preocupe. Falarei com eles e convencê-los-ei. E se for necessário sei que me dará uma ajuda.

— Eu não devia ter-me aberto consigo. Está bem, então. Se assim o deseja, estamos combinados.

Eterea abraçou-o com tanta força como nunca tinha feito e deu-lhe um beijo carinhoso.

— Meu querido irmão. Estou tão feliz por si.

20. OS SOLDADOS FERIDOS

O príncipe estava nas cavalariças a inspecionar o estado dos cavalos.

– A palha, junto com os excrementos dos cavalos, é um ótimo fertilizante e a palha fresca consola-os, dizia ele ao cuidador.

Ouviu-se alguém a gritar lá fora e o príncipe, perguntou:

– Porque berram assim tão alto? Por favor, vá ver o que passa e volte.

– Alteza, vossa alteza! Venha por favor, gritou o homem da entrada da porta. São os soldados que ficaram para trás com as charruas e dois deles parecem feridos.

O príncipe desatou a correr até chegar junto dos soldados.

– Graças a Deus que chegaram, disse. Como estão? Venham. Venham comigo. Sentem-se aqui. Devem vir cheios de fome e de sede. Comam e depois, contem-me o que aconteceu.

Em cima da mesa havia uma jarra de vinho, uma jarra de xarope de mel com limão, pão, queijo e carne acabada de assar. Os olhos dos soldados brilharam. Estavam esfomeados. Mamotal, viu que se sentiam acanhados:

– Fiquem à vontade e comam e bebam. Contem-me o que se passou, porque estou muito preocupado.

– Já tínhamos entrado no reino lá pelo Sul e reparamos que estávamos a ser seguidos. Era quase de noite e paramos, antes de entrar no desfiladeiro. Desatrelamos os cavalos e acendemos uma fogueira. De repente, seis homens armados e mascarados de espada em punho, cercaram-nos e disseram: "Não queremos fazer-vos mal. Ponham-se a andar agora mesmo e deixem as charruas."

Respondemos que as charruas eram do rei e que só a ele as entregaríamos. Ato contínuo atacaram fortemente e um deles, era um bom lutador. Demos luta. De repente um deles tropeçou e caiu em cima da fogueira, ficando com as roupas a arder. Dei um salto e espetei-lhe a espada no peito. Acho que morreu logo. Vendo isto, os outros fugiram imediatamente, daí pensarmos que o morto, seria o chefe do bando.

De manhã fomos verificar se seria uma cara conhecida, mas nenhum de nós o reconheceu. A partir daí, tudo correu normalmente.

– Que grande odisseia e que grande valentia vocês tiveram, defendendo os interesses do reino e do rei. Muito obrigado a todos pelo vosso esforço.

Vão, descansem e tratem-se. Amanhã, na apresentação das charruas à corte, quero que fiquem formados ao lado e irão ser devidamente recompensados.

21. AS NOVAS CHARRUAS

A noite foi comprida para o príncipe. A cena do combate e da morte do homem, ocupavam-lhe a cabeça. Roubar as charruas porquê? A quem interessaria? Levantou-se cansado e lá fora, tocaram as trombetas.

Tinha de se despachar, pois estava incumbido de fazer a apresentação das charruas à corte. Na escadaria que dava para a porta principal, tudo estava pronto. Os reis e a filha no meio e os membros da corte à sua volta. O príncipe, atravessou o largo e foi colocar-se ao lado das charruas e dos seus cinco homens, formados.

– Vossas majestades e cortesãos presentes: Estas são as charruas capazes de abrir dois sulcos em cada passagem, que irão iniciar uma grande melhoria na nossa lavoura.

Os nossos lavradores, irão por certo sentir uma grande diferença, porque terão menos trabalho e melhores resultados. Mais adiante, se Deus quiser, virão outras ainda melhores, capazes de abrir quatro sulcos por passagem.

Palmas e vivas. Todos estavam surpreendidos.

Ao lado das charruas, como vêm, estão cinco homens nossos. É graças a eles e ao seu sacrifício, que hoje estamos em festa. Por isso, cada um irá receber dois salários extra e será nomeado na Ordem do Dia.

Uma pausa e soaram palmas, muitas palmas e vivas ao rei, à família real e aos soldados.

O povo presente, do outro lado do largo, batia palmas, dançava e gritava viva, viva, viva! Vivam os nossos soldados! A nossa vida vai melhorar.

22. A MORTE DO AGITADOR

A princesa Eterea, andava feliz e comunicativa por estes dias. A boa relação com a família e principalmente com seu irmão, fazia-lhe bem.

Dava um pequeno passeio no jardim com as aias, quando ouviu que a chamavam. Olhou para o lado e, sentado num banco do jardim, estava o conselheiro amigo das horas difíceis.

– Apanhando ar puro, princesa? Se me der a honra de se sentar um pouco, contar-lhe-ei uma história curiosa.

Sabe, começou o homem, dizem por aí que os nossos soldados que trouxeram as charruas, foram atacados no Sul, mas que um dos atacantes morreu queimado e com um golpe de espada no peito.

– Que horror senhor conselheiro, exclamou a princesa.

– Pode ser um horror, mas parece que eram seis homens lá do Sul e que o chefe teria afirmado que tinham de queimar as novas charruas, porque elas eram más para os proprietários. Os criados habituar-se-iam ao conforto e passariam a trabalhar menos. É o que se consta...

– Curioso, senhor conselheiro. Muito curioso e muito macabro também. Afinal, tudo teria de acabar desta forma violenta. Não sei se estais a pensar o mesmo que eu, disse.

– Sim, princesa. Não há certezas, mas penso exatamente a mesma coisa. Ao fim e ao cabo, era o que se previa e também o que se esperava. Ao menos, não incomodará mais ninguém. Paz à sua alma.

– Obrigado pela história senhor conselheiro. Volto para o meu passeio e para as minhas aias. Se me dá licença...

23. PRINCESA CONVENCE OS PAIS

O dia da partida para a visita ao reino amigo aproximava-se. Eterea, convidou os pais e o irmão para um passeio a cavalo pelo bosque vizinho, com uma ideia na cabeça. Trotaram durante algum tempo e pediu para pararem.

— Temos aqui um belo prado florido, disse. Podemos sentar um pouco e conversar. Acham bem? Todos responderam que sim. Não eram muitas as ocasiões em que a família saía junta e a princesa começou por dizer:

— Avizinha-se a partida do meu irmão e eu tenho um pedido para fazer à mãe e ao senhor meu pai.

Os pais olharam-se de sobrolho e responderam ao mesmo tempo:

— Diga minha filha. Um pedido sobre o quê?

— Bem... tenho andado a pensar e gostaria muito de ir com o meu irmão. Falamos sobre o assunto e o Mamotal acabou por aceitar de bom grado, a minha companhia. Não é assim?

— É verdade sim, respondeu o irmão. Se os nossos pais também aceitarem...,

O rei e a rainha, apanhados de surpresa, não sabiam o que dizer.

Ainda assim a mãe respondeu com uma voz cautelosa e perguntou:

— Eterea, tem consciência do que nos está a dizer? Já pensou nos riscos da viagem? No desconforto? Terá de dormir no chão, comer qualquer coisa simples e sujeitar-se ao que vier?

— Sim minha mãe. Já pensei em tudo. Como disse, tenho meditado e estou decidida. Afinal, tenho prática de andar a cavalo e será uma nova experiência para mim, sabendo que terei de fazer o que os outros fazem. Na viagem, serei apenas mais uma.

— Eterea, minha filha. A sua impetuosidade assusta-me, disse o rei numa voz pausada. E sua mãe tem toda a razão. Os riscos são muito grandes, ainda por cima para uma princesa jovem e bonita como vós. Muita coisa pode acontecer.

– Meu pai, disse Mamotal: temos consciência dos perigos. Acredite. Mas tenho um plano montado que é o seguinte: se o senhor me permitir, levarei dez bons homens armados. Para não chamar a atenção, viajaremos incógnitos e disfarçados e levaremos a aia de maior confiança da minha irmã, para a ajudar no que for necessário. O que achais?

– O que acho, disse o rei, é que a vossa vontade é muito grande e que os dois urdiram bem o plano. Poderei um dia arrepender-me, mas permitir-vos-ei essa viagem, já que tanto a desejam.

– Senhor meu marido: será contra a minha vontade mas, já que assim é, aceito a vossa decisão.

– Não vos preocupeis mãe. Tudo irá correr muito bem, se Deus quiser e iremos com cuidado, disse o príncipe.

– O plano da viagem está bem pensado Mamotal, disse Eterea. Fez-me uma surpresa... E deu-lhe um sorriso de cumplicidade.

24. A PARTIDA DOS PRINCIPES

O dia da partida chegou e os dois irmãos certificaram-se que tudo havia sido devidamente preparado. Primeiro saiu um grupo de seis cavaleiros e depois um grupo de sete, mais os animais de carga. Dois grupos separados, não chamariam a atenção. Em silêncio atravessaram várias ruas e saíram a trote.

Dois dias de caminho e estavam no sul. Pararam num lugarejo para comer e beber alguma coisa. Na taberna quase cheia, havia conversas acesas e falava-se de um desaparecido para uns, e morto para outros.

— Eu ouvi dizer que morreu queimado, dizia uma mulher.

— Pois eu ouvi dizer que morreu numa luta com estranhos, dizia um homem.

E o burburinho continuava.

Comeram e beberam e voltaram ao caminho. Estava frio e as duas mulheres, batiam o dente em cima dos cavalos. Ao passarem no alto de um monte, começou a nevar ligeiramente. O príncipe virou-se para a irmã e perguntou:

— Estais arrependida? Esta neve não ajuda e aumenta mais o frio.

— Não meu irmão. Não estou. Preparei-me mentalmente para o que desse e viesse, mas podemos galopar um pouco para aquecer. Achais bem?

— Valente princesa. Galopemos então um pouco.

Mais umas léguas e já se avistavam as muralhas do castelo.

— Alto! Gritou o príncipe. Vamos mudar de roupa e lavar-nos. Precisamos de ficar com um ar mais apresentável ao chegar.

Quando entraram no casario, já seguia o príncipe a princesa e a aia à frente e, atrás, em formação, os dez soldados devidamente equipados.

O povo aplaudia e dava vivas. Muitos reconheceram o príncipe.

— Parece o príncipe Milagroso, diziam. Viva. Viva.

25. O AMOR DOS PRÍNCEPES

Ao entrarem no castelo, já se sabia da sua chegada. Foram recebidos pelos quatro príncipes, porque os reis tinham saído e voltariam no fim do dia. O príncipe herdeiro fugiu ao protocolo e deu um efusivo abraço a Mamotal.

– Bem-vindo, meu amigo príncipe. Espero tenham feito boa viagem, pois estiveram uns dias frios.

– É verdade meu amigo, mas nada de maior. Temos um grupo resistente e riu-se.

– Vejo que sim, meu amigo. Quer apresentar-me as senhoras que o acompanham?

– Com todo o prazer. Estendeu a mão e pegou na mão fria da irmã.

Tenho o prazer de lhe apresentar a minha irmã e companheira de viagem, a princesa Eterea Got.

O príncipe herdeiro olhou-a, mediu-a dos pés à cabeça e deu-lhe um beijo na mão:

– Sou o príncipe Mirco Hertz. Seja bem-vinda, senhora. Está na sua casa, que também já é do seu estimado irmão.

– Muito obrigado, alteza, mas ainda não sou senhora. Tenho vinte e um anos e ainda é cedo para isso. E deu um sorriso para o príncipe, que lhe correspondeu.

– Encantado, disse. Irá sentir-se bem aqui. E a outra senhora...

– É a minha aia preferida, alteza. E amiga. Pegou na mão da senhora e beijou-a:

– Bem-vinda à nossa casa e virando-se para Mamotal:

– Então meu caro príncipe, vejo que está a cumprir a sua promessa. Veio para a apanha das batatas...,

– Nem mais, interrompeu Mamotal. Na minha terra, o prometido é devido e eu prometi... estou a cumprir.

– E vai ter uma enorme surpresa. Já falam por aí em milagre e em fartura. Já o apelidam outra vez de o Milagroso.

— Não me diga? Que maravilha. Fico muito, muito feliz, mas amanhã iremos esmiuçar tudo isso, juntamente com o senhor seu pai que também deve estar muito satisfeito e prometi-lhe que iríamos juntos ver esse milagre. Agora permita-me, mas tenho de cumprimentar a sua irmã. Tenho saudades sabe?

— Sim, sei. Ela tem andado muito só, melancólica...não me diga que...

— Não. Não digo. Depois direi. Por favor, encaminhe a minha irmã e a aia. Amanhã teremos um grande dia pela frente. Abraçou os outros dois irmãos com afeto:

— Agora a minha linda e bela princesa. Parou em frente dela, olhou-a bem nos olhos e caíram nos braços um do outro. Não dava para esperar mais e beijaram-se longamente, atraindo a atenção da restante comitiva.

— Que saudades loucas meu amor, disse a princesa. Tantas saudades tive de vós. O tempo demorava uma eternidade a passar e só me apetecia pensar e sonhar. Amo-vos tanto, tanto!

E subiram as escadas de mãos dadas, abraçados, beijando-se repetidamente, esquecendo a presença de todos os que ali se encontravam.

— Como sofri sem a vossa companhia meu amor, disse o príncipe. O tempo é um adversário poderoso. Parece andar para trás, em vez de andar para a frente. Amo-vos tanto, que temos de tomar uma decisão. Quero casar convosco.

Delca guiou-o pelo corredor e entraram no seu quarto.

— Amai-me agora mesmo. Não posso esperar mais. Amo-vos, para adiar o que quer que seja. Quero ser inteiramente vossa, meu querido.

26. ETEREA CONHECE MIRCO

O príncipe Mirco, como bom anfitrião, convidou Eterea e a sua aia a subir e pediu para arranjarem um quarto para a aia, que ficasse bem perto da princesa. De seguida encaminhou-a para uma sala pequena e reservada:

– Permiti que vos olhe nos vossos olhos. Sois uma mulher muito bonita.

– Vossa alteza, é muito gentil. Obrigada.

– Fiquei muito surpreendido com a vossa visita, disse o príncipe. Contava com o vosso irmão e uma comitiva de guardas, mas nunca pensei outra coisa. Admito que foi uma bela surpresa.

– Ainda bem que vos agradou. De facto, fui eu que pedi para vir. Não sei se deva dizer, mas o meu irmão apaixonou-se pela sua irmã. Senti-o tão feliz e empolgado, que decidi vir pessoalmente, conhecer a mulher que lhe conquistou o coração.

– De facto, aquando da primeira visita, apercebi-me de qualquer coisa, disse o príncipe. Era como se não estivesse mais ninguém junto deles. Olhavam-se intensamente um ao outro e devo dizer que, como irmão, estou feliz. Delca é uma excelente pessoa e merece encontrar um homem que a mereça. Penso que acertou e só quero que sejam felizes. E não a ocupo mais. Deve precisar de descansar e bem o merece, porque amanhã, teremos um longo dia. Gostei da sua companhia. Pegou-lhe na mão e beijou-a levemente. Durma bem alteza.

27. A FESTA DA COLHEITA

Um grande movimento no castelo, anunciava um dia de azafama para a corte. O rei e a rainha, já avisados, esperavam no Salão Nobre, acompanhados por alguns nobres da corte. Mamotal e Eterea entraram de mão dada, sorridentes e corteses.

– Bom dia, vossa majestade, disse. Antes demais, quero apresentar-lhe a minha irmã Eterea e a sua dama de companhia.

– Bom dia, meu príncipe e amigo Mamotal. Não sabia que tinha uma irmã tão bonita. Tenho o maior prazer em receber as duas. Estão em vossa casa. Vejo que cumpriu a sua promessa. Veio para a colheita das batatas e tenho grandes notícias para lhe dar. Ainda ontem andamos a visitar algumas propriedades e os agricultores estão loucos por si.

O que vale, meu bom amigo é que já não tenho idade para ficar ciumento.

— Grandes notícias, majestade. Era com o que contava, mas como sabe, a agricultura é incerta. Estou desejoso de ver com os meus próprios olhos.

— Calculo que sim, meu amigo. Partiremos já de seguida com uma pequena comitiva. Hoje, é o seu dia. O dia do príncipe Milagroso.

Saíram do castelo e Mamotal reparou que Eterea e Delca iam em animada conversa. Ficou feliz. Pelas ruas, o povo ia aclamando o rei. Ao chegarem à primeira plantação, os camponeses, em frenesim gritavam:

— Viva o rei. Viva o príncipe milagroso que nos trouxe fartura e alegria. Viva! E depararam com uma formidável colheita. Eram batatas até onde a vista alcançava. O povo dançava, ria, gritava e tocava gaitas para outros dançarem. Milagroso príncipe! Uma verdadeira festa de agradecimento, onde a alegria e satisfação, predominavam.

– Maravilhoso, majestade. Contava com fartura, mas o que vejo ultrapassa em muito as minhas previsões. A terra deve ser muito boa.

– Exultai meu príncipe amigo, diz o rei. Vosso magnânimo pai é um homem de grande visão. Isto, vai melhorar muito a vida do nosso povo e ainda estamos no princípio. Tenho de vos agradecer muito. Vamos agora ver e visitar uma outra quinta. Vai ser surpreendido. Eles exigiram a vossa presença. Andaram mais um pouco e a mesma cena repetiu-se. Batatas e mais batatas por todo o lado. O povo estava feliz!

– Alegrai-vos, príncipe. Tudo isto se deve a vós!

Todos os presentes se admiraram com a enorme produção que viam à sua frente. Mais uma vez, o povo, saltava, dançava e gritava vivas ao rei e ao príncipe Milagroso, que tanta fartura lhes proporcionara. No fim os camponeses convidaram a comitiva para comer e beber. Num grande celeiro, várias mesas abarrotavam de carne assada, batatas assadas, pão e muito vinho. Tocavam-se gaitas e todos dançaram e foliaram.

28. MAMOTAL PEDE A MÃO DE DELCA

A folia do dia anterior tinha dado para tarde. Mamotal, falou com os soldados e mandou preparar tudo para o dia seguinte. Desejava partir bem cedo. Depois, foi aos aposentos de Delca, bateu à porta e ela abriu:

– Que fazeis aqui, querido? Podem ver...,

e mais não disse, porque o príncipe abraçou-a e beijou-a até se saciar. Abraçados caíram na cama fofa de Delca e fizeram amor até se cansarem.

– Já não importa que nos vejam, meu amor. Vai ser a minha bem-amada esposa. Irei falar com seus pais e dizer-lhes isso mesmo. Amo-a!

Mais abraços e mais beijos e Mamotal saiu feliz, esgueirando-se rapidamente pelo corredor.

Quando chegou ao salão, um conselheiro disse:

– Desculpai senhor, mas o rei aguarda-o na sala do jardim e deseja falar-vos.

– Bom dia, majestade, disse Mamotal.

– Bom dia, príncipe, respondeu. Dormiu bem? Agora que a visita está no fim, repito a pergunta que já lhe fiz uma vez. Como podemos nós, retribuir tudo o que fez?

– Majestade, há uma maneira muito simples. Silêncio... conceda-me a mão da sua filha e tudo estará acertado entre nós.

– Como? diz o rei.

– Ouviu bem senhor. Quero casar com a sua filha, porque existe entre nós um sentimento muito forte. Amo-a e quero casar logo que seja possível.

– Meu amigo príncipe. Fique sabendo que nenhuma proposta deste reino me deixaria tão feliz, como a que acabei de ouvir.

Fico muito, muito feliz, meu jovem amigo e desde já, desejo-vos as maiores venturas. Faremos a maior festa de casamento que este reino já viu! Dê-me um grande abraço.

29. MIRCO CORTEJA ETEREA

Mirco Hertz, queria estar a sós com a princesa Eterea antes de partir e procurou-a. Não a encontrando, foi ao seu quarto. Estaria a preparar-se para a viagem, pensou. Bateu devagarinho na porta e ela abriu.

— Como abris a porta sem saber quem é alteza?

— Tem razão. Foi um impulso. Na verdade, acreditava que viria aqui. Desculpe.

— Não se enganou. Queria estar consigo em privado e tenho algo para lhe dizer. Reparei em si estes dias e vi uma mulher inteligente, culta e sociável. Acho que temos coisas em comum e gostaria que soubesse.

— Fico feliz, senhor. Do pouco que convivemos, fiquei a pensar o mesmo. Acho-o um homem simpático e atraente, se me permite dizer. Se Deus quiser, voltarei. Poderemos então aprofundar a nossa amizade. Vejo felicidade à nossa volta... quem sabe amanhã...

— É isso mesmo. Vemos felicidade à nossa volta e quem sabe se não teremos a mesma sorte. Pegou-lhe na mão, aproximou-se e deu-lhe um prolongado beijo na face.

— Boa viagem e quando chegarem, por favor, mandem uma mensagem. Desejo que o tempo passe depressa, até ao vosso regresso.

30. O ATAQUE

Manhã cedo, toda a comitiva se juntou no largo. Nas escadas, a família real e alguns cortesãos, assistiam à partida. Mamotal, aproximou-se e despediu-se formalmente.

– Adeus meu príncipe e amigo, disse o rei. Boa viagem e boa sorte.

Mamotal levantou o braço: – A trote!

Ao passarem pelas ruas, o povo agradecia, fazia vénias e chamava o príncipe de milagroso.

– Volte senhor, volte. Obrigado por tudo o que nos deu.

Percorreram duas léguas e o príncipe, disse então:

– Vamos parar junto deste ribeiro e mudar de roupa. Iremos sete na frente e seis a cem metros de distância. A partir de agora, olhos abertos.

Disfarçados para passarem incógnitos, seguiram caminho por montes e vales. Nas conversas entre todos, o assunto era sobre a colheita das batatas, a grande alegria dos camponeses e do sucesso alcançado.

– Nunca mais se esquecerão de nós, nem nós deles, disse Eterea. Foi uma enorme experiência.

– Sem dúvida. Todos aprendemos muito, disse Mamotal.

Dois dias de caminho e tinham passado a fronteira. Iam trotando e aproximavam-se de um desfiladeiro pronunciado. Ao olhar mais para diante, Mamotal viu um grupo de cavaleiros. Continuaram, aumentaram o andamento, mas os cavaleiros estavam mais próximos.

– Parece que vamos ter companhia, avisou o príncipe. É melhor juntarmo-nos num só grupo.

E fez sinal para os homens de trás, se chegarem à frente. Andaram mais uma légua e repararam que o grupo de cavaleiros se tinha desviado do caminho, virando para a direita, a passo mais acelerado.

– Parece que foram embora. Não se vê ninguém, disse um soldado, com a mão no punho da espada.

Mais uma légua e entraram no desfiladeiro estreito e com umas vertentes inclinadas e rochosas.

De repente, uma chuva de pedregulhos começou a despencar pela encosta.

— Fujam! Disse o príncipe. Fujam! Abriguem-se atrás das pedras maiores, debaixo daquelas árvores.

Mal acabou de falar, uma enorme chuva de flechas sibilavam no ar e cravavam-se em todos os lados.

— É uma emboscada! Eles não nos querem roubar. Querem-nos matar. Protejam-se o melhor que puderem. Outra chuva de pedras e flechas, feriu ou matou vários soldados. Estamos perdidos, pensou o príncipe. Não vamos conseguir sair daqui vivos.

Bem alto, gritou para os malfeitores:

— Seus cobardes, assassinos. Venham para aqui. Deem a cara. Temos aqui mulheres indefesas.

Mais uma chuva de flechas, foi a resposta.

— Vamos morrer aqui, pensou.

Um grito atrás das pedras, chamou-lhe a atenção.

— Senhor, senhor! A princesa está muito ferida e tem uma flecha nas costas.

Mamotal correu para irmã e ajoelhou-se, abraçando-a.

— Mana, maninha, por favor falai comigo, meu Deus.

Eterea inclinou a cabeça com os olhos fechados e murmurou: — Minha mãe...

— Aia, chamou o príncipe. Estais bem? Por Deus, ficai junto da minha irmã, arranjai qualquer coisa para servir de almofada e não a deixeis adormecer. Bandidos. Assassinos. Se ao menos eu pudesse morrer com a espada na mão, ainda levaria alguns comigo. Malditos sejam.

Deixaram de cair pedras e flechas. Um silêncio mortal, pairava no ar.

— Será que vão descer agora e acabar de nos matar? Protegeu-se, certificou-se que tinha a espada na bainha, olhou e esperou o assalto. Passou algum tempo e perguntou em voz alta:

— Homens, quem ainda está de pé?

Aos poucos, estropiados e esfarrapados, os homens foram aparecendo.

– Um, dois, contou, três, quatro, cinco... e os outros? perguntou.

– Provavelmente, mortos senhor, respondeu um deles.

– E feridos?

– Temos dois homens feridos.

Virou-se para a aia e perguntou: – Como estais?

– Uns ferimentos pequenos, mas nada que me mate, senhor.

– Parece que o ataque terminou. Só não entendo o porquê. Esta emboscada foi preparada. Enquanto eu e a aia arranjamos uma padiola para levar a minha irmã, tapem os mortos com pedras. É o mínimo que podemos fazer.

Dois pequenos troncos de madeira e duas mantas, foram atreladas a um dos cavalos. Eterea, estava gravemente ferida e delirava.

— Minha pobre irmã, pensava o príncipe.Vamos embora o mais rápido que pudermos. Este vale, cheira a morte e a desgraça.

Pelo caminho, encontraram uma propriedade grande, com homens a trabalhar nos campos e pediram ajuda.

– Por favor, quem nos pode ajudar?

Os homens olharam incrédulos para o grupo esfarrapado e ferido e disseram:

– Ali, na casa grande.

Um homem entroncado, de cabelo branco, veio à porta e parou. O que via à sua frente eram farrapos humanos! Virou-se para trás e chamou duas mulheres.

–Tu, leva as senhoras para um quarto e vê o que podes fazer e tu leva os homens para a sala, dá-lhes água e algo para porem nas feridas.

Virou-se para Mamotal e perguntou:

– Quem sois senhor? O que vos aconteceu?

– Eu sou o príncipe Mamotal, senhor. Fomos atacados cobardemente por um grupo de bandidos. Mataram cinco dos meus homens e nós ficamos no estado que se vê.

— Estais ferido? perguntou o homem.

— Pouca coisa, graças a Deus. Nada de grave.

— Sentai-vos e descansai um pouco, indicou o fazendeiro.

Um grito vindo da sala e a aia a correr para a sala, indiciava o pior.

— Que foi? Que foi? Perguntou o príncipe.

— Senhor, senhor a princesa morreu, senhor.

— Ó meu Deus! Minha pobre irmã. O que vou fazer da minha vida? Que Deus me perdoe.

Correu para o quarto, abraçou o corpo da irmã, chamou o seu nome e chorou, chorou, agarrado ao seu corpo inerte.

Por fim disse: — Vamos enterrar o corpo num local seguro e depois viremos buscá-la para ter um enterro digno. Minha pobre irmã!

Virou-se para o dono da casa, que o olhava fixamente do fundo da sala e agradeceu tudo o que tinha feito.

— Não tem de agradecer, senhor. Esta terra é selvagem e perigosa. Eu também já passei pelo mesmo, aquando da morte do meu filho, de que tanto gostava e único herdeiro. Dizem que também foi assassinado. A natureza tem destas coisas e às vezes, o destino é perverso... desejo a todos uma boa viagem.

Puseram-se a caminho e eram agora apenas sete pessoas. Seis, tinham sido mortas.

Mamotal, sofria horrivelmente pelo caminho.

— Que vou dizer aos meus pais? Como vou encarar a minha mãe? O que será da minha vida? Porque morreu a minha irmã e não eu?

Dosearam a marcha, para chegar já em plena noite. Não desejavam ser vistos por ninguém.

O príncipe desmontou, dispensou os soldados e dirigiu-se imediatamente para os pais, sem saber o que havia de dizer. Entrou no salão e aproximou-se, olhou para os dois e as lágrimas corriam-lhe pela cara magra e sofrida, sem conseguir articular uma palavra.

— Meu querido filho, disse a mãe tremendo de pavor. Por favor, dizei o que aconteceu. Porque estais ferido, tão magro, esfarrapado...

O rei, de pé ao lado da rainha, não conseguia dizer uma palavra. Por fim, Mamotal, soluçando, falou:

— Aconteceu a maior desgraça da minha vida. A minha irmã morreu assassinada e mais cinco soldados. Fomos atacados traiçoeiramente por um grupo de bandoleiros, sem nos podermos defender. Estou destroçado, sem saber o que fazer da minha vida. Minha pobre irmã.

A mãe entrou num pranto e pela primeira vez, chorou diante do filho.

— Que grande e tão pesada desgraça meu filho. Que tão enorme desgosto sinto no meu coração.

— Estou destroçado e esgotado, minha mãe. Se me permitis, vou descansar e, se possível, dormir. Dormir muito.

31. O REI MORREU

No dia seguinte levantou-se tarde, saiu do quarto e ouviu um rebuliço abafado no palácio. O rei morreu! O rei morreu! Diziam em voz baixa.

Em pânico foi ter com a mãe ao salão. Estava sozinha e chorava copiosamente, com os olhos cheios de olheiras.

– Que aconteceu agora, minha mãe?

– Seu pai, morreu esta noite, meu filho. Envenenou-se. Não resistiu a tanta desgraça. Os remorsos levaram-no ao desespero. Eu bem dizia...

Durante uma semana, Mamotal andou perdido e solitário, mas era preciso tratar dos funerais do pai e da irmã e assumir as suas obrigações, enquanto futuro rei.

No jazigo da família real, foram enterrados pai e filha, lado a lado. O povo e os cortesãos choraram e muitas ladainhas foram feitas.

Mamotal, era outra pessoa. Tinha mudado. Notava-se no seu rosto.

EPÍLOGO

O aspeto jovial de outrora, ganhou um ar duro, quase carrancudo e raramente se lhe via um sorriso nos lábios.

— Não era isto que eu queria na minha vida. Ser rei desta maneira, perde todo o brilho que eu sonhava, pensou.

Queria enviar uma carta à princesa Delca, mas nem sabia por onde começar. O seu mundo, desmoronara. Sentia-se perdido e profundamente magoado.

Como um sonâmbulo, dirigiu-se para o seu quarto e pediu para não o incomodarem. Pegou numa folha de papel e....não acontecia nada. Foi para a varanda, olhou perdido o horizonte, esfregou a cabeça para acordar e voltou para dentro. Agarrou no papel e sentou-se numa mesa.

"Minha querida Delca.

Chegamos a casa, mas não chegamos bem. Não sei como dizer, mas minha irmã e meu pai, morreram. Estou destroçado, minha querida. A Eterea assassinada e, por via disso, meu pai envenenou-se com o desgosto. Uma tragédia sem fim. Já fizemos os funerais e ficaram sepultados juntos. Que Deus lhes dê o que merecem: paz e descanso às suas almas.

Apesar de tudo, o meu amor por si, cresceu. Amo-a muito e precisava de seu amparo nestes dias tão difíceis. Tudo se alterou, tenho agora outras responsabilidades, mas irei ter consigo o mais breve que puder. Marcaremos o casamento e falaremos com seus pais, porque o seu lugar, será a meu lado.

Terei de descobrir outros caminhos para ir ter convosco, porque há caminhos bons e caminhos que levam à morte, como o Vale da Morte, que eu descobri e batizei. Foi aqui que tudo aconteceu, local onde voltarei um dia, quando recuperar da minha profunda dor.

Depois, quando voltar, contarei tudo com mais detalhes. Eu não queria escrever o que escrevi e lamento, mas tenho de o fazer, antes que as notícias lhe cheguem por outras pessoas.

Envio cumprimentos para toda a sua família e, por favor, informe o seu irmão Mirco. Penso que gostava da minha irmã.

Amo-a e sinto-me só. Ganho algum alento quando penso na sua serenidade e beleza.

Seu:

Mamotal"